花を買う

畠山理夏

リーブル出版

はじめに

2018年4月25日の朝、息子大輝《たいき》は自転車で登校中、横断歩道上で左折の大型トラックに命を奪われました。12歳、中学1年生でした。その朝までの記憶は鮮明にあるのに、事故後の日々の記憶は靄がかかったように頭の中で漂っています。ただひたすら神様に息子が寂しくないようにとお願いしながら息子のいない日々を積み重ねる中で心に浮かんできた言葉を、息子がこの世に存在した証のように書き留めていきました。

書けば書くほど、子どもを亡くした親の気持ちを十分に表現する言葉はこの世には存在しないと思うようになりました。それでも、心にあふれ出る言葉を書き留めることで私はこの世での心を保っているのかもしれません。

花を買う

花を買う

今日も私は花を買う
あなたが好きなものを
私は知っている
何を買えばあなたが喜ぶか
私は知っている
たくさんの本が並ぶ書店で
たくさんのお菓子が並ぶコーナーで
子供服売り場で

ペパーミント

私は手にとって
あなたの笑顔を思い浮かべる
そして静かに棚に戻す
開くことのない本
減ることのないお菓子
袖を通さない服

私は今日も花を買う
「お母さん、もう花はいいよ」
あなたの声が聞こえるまで
今日も私は花を買う

棘

やさしさから生まれた言葉が
わたしの心に突き刺さる

元気を出して！
落ち着きましたか？
少しは立ち直った？
お気持ち分かります
私は父を亡くしました
私は祖母を

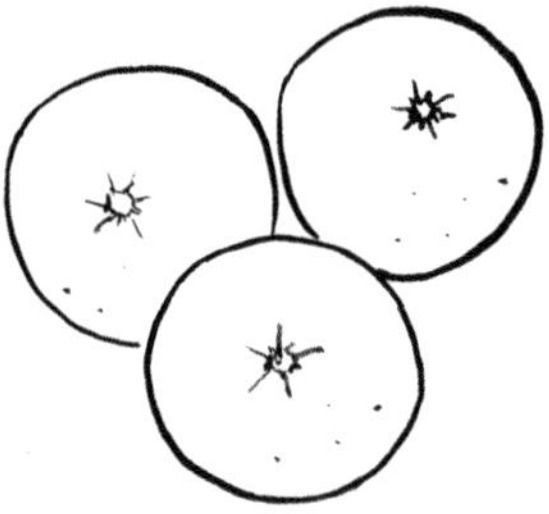

いよかん

一番深く突き刺さったのは
気付かないふりという棘だった

苦しんで苦しんで
復帰した職場で
ある人が言った
「今日も来てくれてよかった」

心の棘がポロポロおちた
息子のためのバラの棘を取る時のように

ことば

「私だったら耐えられない」
耐えているわけではないのです
「神様になったんだよ」
そんなに偉くならなくていいのです
「もう大丈夫なんでしょ」
そう思う日がくるのでしょうか
「元気にならないと」
「もう落ち着いた？」

プチグレン

心配してくれることばに
心の中でことばを探す
無言ではいられないから
やっと見つけたことばは
「いえ、なかなか……」
「なんとか……」

たかがことば
それでも嘘は言いたくないのです

空

雲一つない青い空に
澄み切った青い空に
黄色いボールを打つ
君はもういない

この美しさが何になろ
この清らかさが何になろ

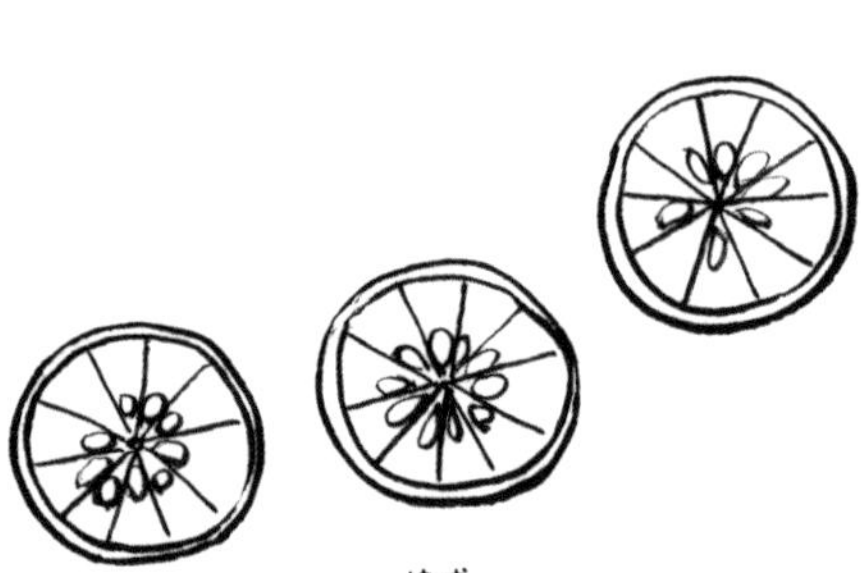

ゆず

私の落とした涙が
にじんで白い雲となり
柔らかな毛布となり
君を包んでくれるだろうか

令和

四月一日昼下がりのこと
会議前のひと時に談笑する人たち
ああそうか
「何になったんですか」
問うわたし
「今頃そんなこと言う人がいるなんて」
上司の一言に
みんなが笑う

ラベンダー

「何の興味も関心もないもので……」
誰にも聞こえぬ声でつぶやいた

未来を見ることができる人に
わたしの声は聞こえない
わたしの声は届かない

息子の笑顔に
令和になるんだってとつぶやいた

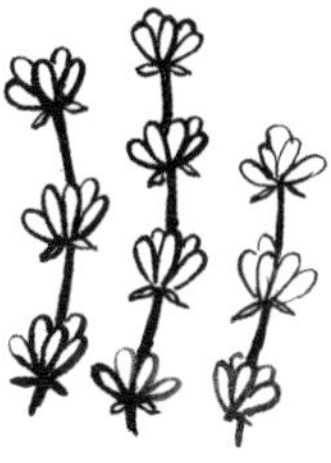

命のメッセージ展

そこには
愛し愛されていた
かけがえのない人たちが立っていた
旅立った時の身長の白い人型
写真と家族の文
足元には履いていたくつ
一人一人の前に立ち
しゃがみ込み
腰をかがめ

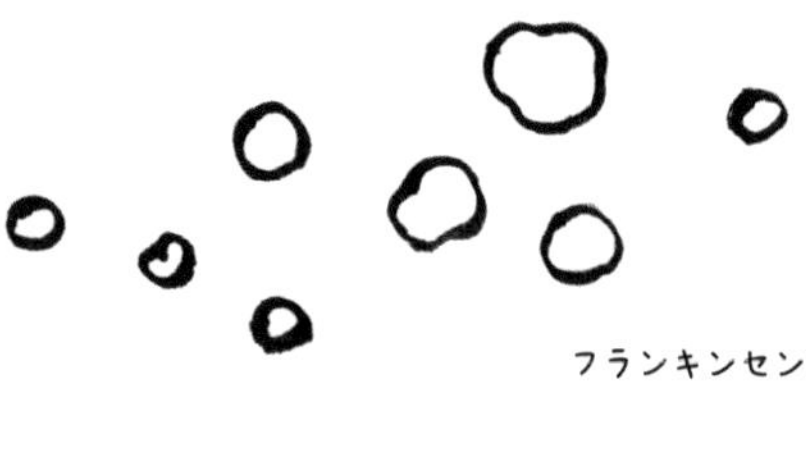

フランキンセンス

彼らの人生を辿る
少年のくつに
息子を重ねる
同じ思いで濡れた手で
このくつを撫でた人がいる

ごめんね
お母さんはまだそこに
君を行かせられないよ
君がもっと遠くへ行きそうで
君を手放すのが怖いから

母として

「かえりたい」
娘がつぶやく
「仕方ないよ」
私がつぶやく
「仕方ないじゃない
仕方なくされたんだ」
娘の切ない叫びが突き刺さる
息子をあんな目に遭わせて

娘にこんな思いをさせて
守れなかった無力さに涙がこぼれた

悔恨の涙が湖になろうとも
息子は還らない
娘の喪失は埋められない

ただ私は祈り続ける
彼岸の息子の幸せを
此岸の娘の幸せを
二人の子の母として

弟

「生きているだけで私は頑張っている」
姉の深い悲しみが
言葉となって溢れ出る

弟が生まれた瞬間から
彼女の世界は小さな弟で占められた
まだ寝返りもせぬ弟に
何冊も絵本を読み聞かせ
覚えたばかりの平仮名で

弟のオムツに名前を書いた

最後の春
弟の新しい上履きに
姉と弟、片方ずつに名前を書いた

弟のいない毎日を生きる辛さが
その一言に込められる
「生きているだけで私は頑張っている」

すぎ

凛として

凛とした人でありたいと
思いながら生きてきた
悲しい時も悔しい時も
中身はボロボロであろうとも
弱い自分を他人には見せたくないと
顔を上げてまっすぐ前を見つめる
たとえその目にまだ希望が見えなくても

息子を亡くして私も死んだ

バジル

今日までの悲しみも悔しさも
なんてちっぽけなものだったのか
なぜ私は生きているのか
なぜ?を考えようとする力もない
それなのに
私は顔を上げている
何も映らない目で前を見つめている
凛として

瓶の蓋

あの春の終わり
小さな蓋を持つ力もなく
蓋の存在にさえ気づかなかった

二度目の春が過ぎる頃
蓋を手にとり
瓶の中から無尽蔵に湧き出してくる液体に
ただ身を横たえ心を浸した
二度目の夏の太陽が子どもたちを照らす頃

ゼラニウム

持ったままの蓋で瓶を閉めた
無尽蔵に湧き出る液体が
時に、蓋を押し上げ溢れだし
私はそこに身を浸す

二度目の秋の訪れに
蓋を閉めたり緩めたり
少しだけうまくなった私が
今日も蓋に手をかける

道

どこまでも続く道が好きだ
ずっとずっとこの先に
あの子が待っているにちがいない
ハンドルを握る手に喜びが満ちる
笑顔が浮かぶ
「お母さん」
声が聞こえる

まだまだ続く道は

私に希望を見せる
この先にあの子がいる

いつしか道は下り始める
そうかここにはあの子はいないのか

どこまでも続く道が好きだ
私に希望を見せるから

てんとうむし

泣きながら
しおれたパンジーの花を摘む
こうすると新しい花がまた咲くから

くやしいね
生きたかったね
テニスの試合も出してやりたかった
こんな休日は

きっと家の前で友達とテニスをしていたに違いない
いや、クラブに出かけていたのかな
暑がりの君だから
頭に汗をいっぱいかいて

友達はみんな成長して
少年から青年の顔つきになってきたよ

泣きながら摘んでいたら
雑草の先にてんとうむしがいたよ
そんなに泣くなよと言うように
小さな頃の君を思い出して涙をこぶしでぬぐった

胎児

たいないに宿る
いのちの息吹に
きづきし時
あなたは私の
いのちとなった
しずかに
てを添え
るびいの鼓動を感じ取る

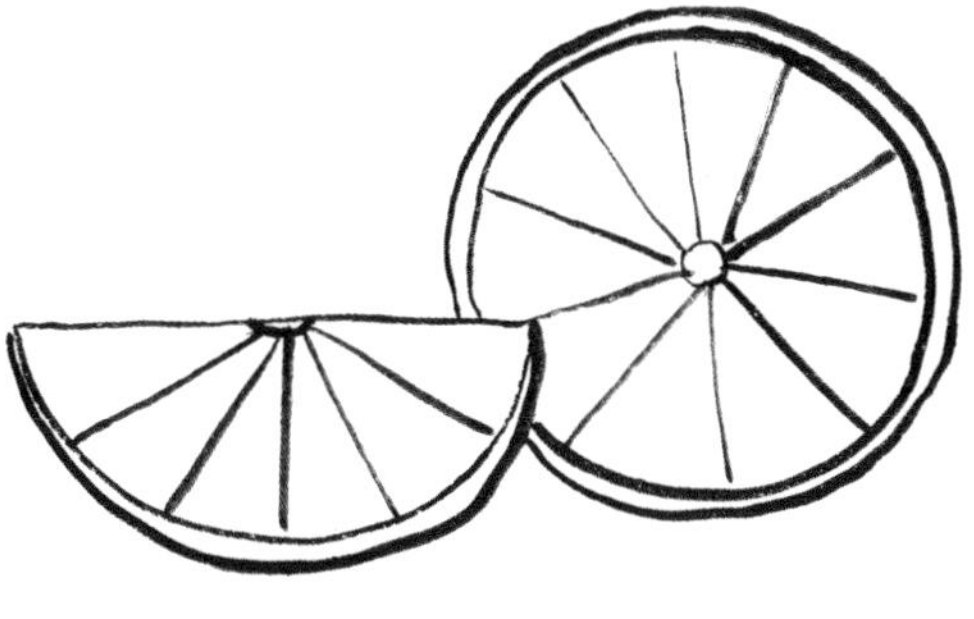

ブラッドオレンジ

初盆

それは大輝が旅立って初めてのお盆を迎えた夜のことでした。

真っ暗な部屋で布団の上にうずくまっていた私の前に、ふっと小さな白い立体の光が現れたのです。輪郭はしっかりあるけれど透き通っていてまるで白い曼殊沙華の花のように見えました。

夢なのではないかと思った私は、起き上がって電気のスイッチに手を伸ばしました。すると小さな光はそれを止めるかのようにすばやくスイッチのもとへ動きました。その瞬間「ああ、大輝だ」と思いました。

「電気を付けたら消えてしまうんだね」と話しかけて布団の上に正座すると、安心したように小さな光は私のもとに戻ってきました。

やっぱり大輝なんだと確信した瞬間、涙があふれてきました。「大輝、ごめんね。ありがとう、ありがとう」と言う私を見守るようにしばらくその場に留まったあと、白い光は静かに優しく消えていきました。二日後の夜にもまた同じように現れました。（もう行くからね）と伝えてくれたのかもしれません。

夢でも見たのではないかと皆思うでしょう。たとえ夢だったのだとしても、その出来事はボロボロだった私には小さな小さな救いとなりました。

ひがんばな

息子のいた場所

彼は今日もソファーで眠っている

いつも息子が座っていた場所
友達と一緒に
大きな笑い声をあげていた場所
姉に占領されて
隅っこで小さくテレビを見ていた場所
寝転んで
大好きな本を読んでいた場所

彼は今日も息子のいた場所で眠っている
息子の魂と話しているのだろうか
息子の夢を見ているのだろうか
その苦悩の表情が
穏やかになる日はくるのだろうか

彼は今日もソファーで眠る

ぽんかん

神様の問い

神様が問われた
十二までしか生きられぬこの子と
長生きできる他の子
どちらの母になるのかと……

わたしはこの子の母になりたい
短くともこの子と生きていきたい
そしてどうか
私の残りの命をこの子に渡して下さい

けれど……
私が母でなければ
この子が長生きできるなら
私にこの子の記憶だけを残して
他の母の元に生まれさせてください
私はそっと
この子の幸せを祈りますから

神様の声は
私にはもう聞こえなかった

オレンジ

硝子

あの日硝子は地面に叩きつけられた
記憶に残らぬ日々を重ねふと考えた

私は
ひび割れた硝子を崩しているのか
粉々になった硝子を拾っているのか

分からない　ただ
硝子には狂気という名がついている

私は
狂気を捨てているのだろうか
狂気を拾っているのだろうか
硝子は元には戻らない
私の正気が知っている

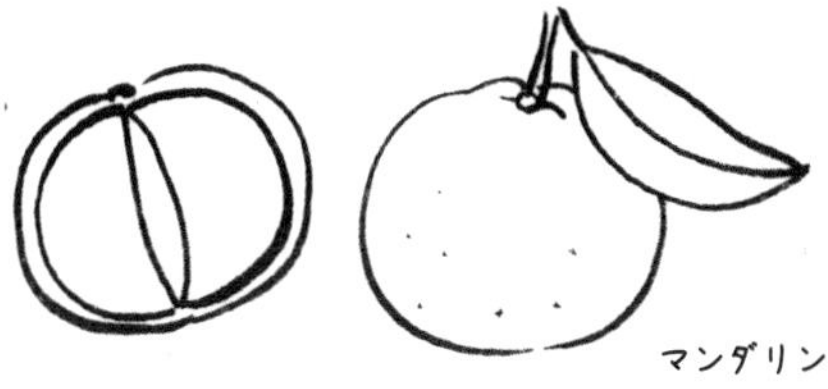

償い

それはなに
それは心の奥底にあるものなのだろうか
目に見えないものなのだろうか

私にわかるのは
それは物やお金ではないということ
それは真実の心がなければ
届かないものであるということ

償いきれないとわかったうえで
それでも
死者への陳謝と自分の罪に向き合うということ
あなたにはその心がありますか

ティートゥリー

囚われ人

私は子供の死に囚われた
哀れな母親であるらしい

囚われているというならば
言えばいい
幸せにはなれないよというならば
言えばいい

囚われる

それは私の選択なのだ
それは私の息子への弔いなのだ

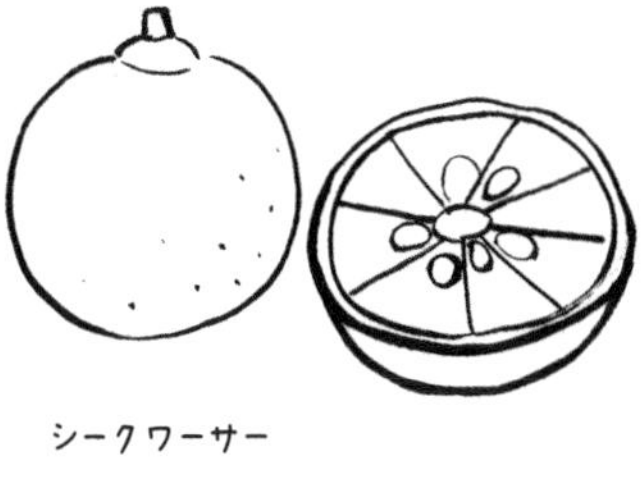

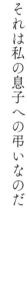

自分を笑う

嬰児を見れば
腕の中で眠るあなたを想う
幼子を見れば
私の手を握る小さな手を想う
ランドセルの子を見れば
幼馴染と駆けるあなたを想う
遊ぶ子らの笑い声に
あなたの声を探す
同じ制服の子の姿に

なぜ、あなたがいないのかと思う

ふと
あなたが元気かなと考える

そしてそんな
自分を……笑う

グレープフルーツ

幸せな風景

陽だまりの中
横断歩道を駆けていくランドセル
その姿を微笑みながら見送るドライバー

青信号を安全だと信じて
小さく手を上げまっすぐ前を見る
駆けていく先は未来へと続く

それは何でもない日常の

幸せな風景

ああどうか
その風景を真っ赤に塗りつぶさないで下さい
ハンドルを握る手を止めて
幸せな風景を感じて下さい

あなたのその手は
幸せな風景を未来へ繋ぐためにあるのだから

言葉を紡ぐ

言葉を紡ぐことは
生きられるということ

君のことを想う度
心に命が灯され
言葉が紡がれる

もう生きられない
とたんに言葉は消えて

ああああああああ
音のみで泣き続ける
言葉の消えた闇の中で
幾日ものたうち回り

やがて顔をあげて君に語りかける
言葉が紡がれるとき
わたしはまだ生きているのだと気づく

君だけ

真新しい教科書
体操服
アイロンのかかったカッターシャツ
使う人のいないテニスラケット
玄関のバスケットボール

あの日
切られたリュックサックと肌着
引きずられ血の付いたカッターシャツ

割れたお弁当箱
無傷の携帯
図書室で初めて借りた本
美術館で買ってやったお気に入りのメモ帳

ここに
大輝
君だけがいない
お母さんは
君がいてくれるだけで
良かったのに

空

青く澄んだ青空を見ると
必ずあなたを探してしまいます
あなたが逝った日が
こんな青空だったからでしょうか
そこにあなたがいないことは
ばかなお母さんだって
わかっています

美しい虹を見ると

あなたも見ている気がします
天国からは
どんな風に見えるのでしょうか
友達と一緒に幸せでいることを
あきらめの悪いお母さんは
願っています

この空は
あなたの世界と繋がっていますか

願い

大切な人を亡くすと
人は夜空を見上げる
星になって見守ってくれていると
大人に言われたからだろうか
絵本で読んだからだろうか
けれど
わが子を亡くした人は
青空を見上げる
柔らかな雲の上に

美しい虹の向こうに
清らかな空の彼方に
愛しい子が微笑んでいる
遊んでいる姿を思い浮かべる
愛しい子よ
星になってお母さんを見守らなくていい
あなたの思うまま
自由に青空を駆けなさい
それがお母さんの願いです

ラヴィンサラ

よかったね

「お母さん癌やったんやろ
生きててよかったね」
君は無邪気に笑った
少し大きくなって
あの時の母の入院が
つながった瞬間だったのだろう

姉と小さな手をつなぎ
放課後私の病室に

二人が並んでおやつを食べる
この小さな幸せが
続くようにと祈ってた
せめてお弁当がいらなくなるまで
この子たちと生きたいと
帰る二人を見送った

「同じところの再発は心配ないでしょう」
君がこの世にいたならば
どんなに嬉しい言葉だったか
「お母さんよかったね」
君は笑ってくれるだろうか

ひまわり

五月四日
あなたの誕生日にひまわりの種を蒔きました

植木鉢を動かすと
ひゅっとカナヘビが駆けだしていきました
「ミュウかな?」と言うとお父さんが
「ミュウの子どもくらいだろ」と言いました
「ああ、そうだね」とつぶやくと
涙がポロリと落ちました

あなたが大事に育てていたミュウの命は
この世のどこかで受け継がれているのです
あなたの笑顔のようなひまわりを育てます
天国のあなたに届くように
あなたのところまで高く高く伸びるように

ひねくれもの

子どもを亡くして
起き上がれなければ
子どもさんが泣いているよと聞こえる
笑っていれば
私なら耐えられないと聞こえる
わたしはどんな顔をすればいいの

ああ、そうか
わたしはわたしの顔をすればいいんだ
時がたてば
世の中は
忘れてしまうのだから

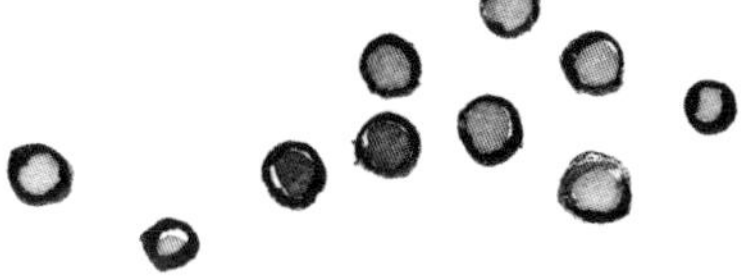

ブラックペッパー

糸

やせっぽちのわたしは
風が吹けば飛んでいくと
よくからかわれた
今のわたしは
指一本で飛んでいきそうだ

だから心にピンと糸を張る
平気な顔をして
起き上がるために

働くために
生きるために

ピンと張った糸は切れやすい
それでも糸を緩めると
平気な顔が出来なくなるから

だから心にピンと糸を張る
起き上がるために
働くために
生きるために

神様

神様はいない
そう思う出来事が毎日繰り返される

それでも毎日神様に祈る
子どもたちを守って下さい

携帯を見る度に
紙面を開く度に
また一つ小さな命が奪われている

神様はいない
それでも息子の前に座るたびに祈る
子どもたちを守って下さい
神様

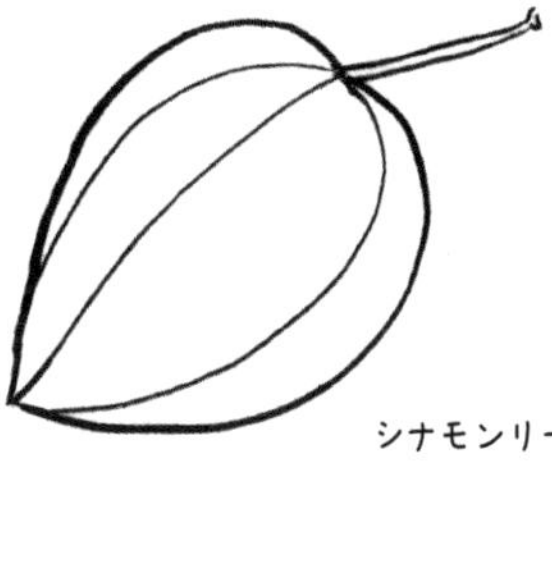

子どもを亡くして

亡くした年齢、原因に関わらず、親にとって自分の命よりも大切な存在である子どもを亡くしたとき、人は奈落の底に突き落とされ深い深い悲しみと痛みの中で、ただ息をしているだけなのではないでしょうか。息をしていない息子とともに家に帰った時、私は強い子宮の痛みを感じました。それが治まると、心も内臓も空っぽになっている感覚にとらわれました。手で触れると確かに体はそこにあって、なぜ穴が開いてないのだろうか、腹部があることに違和感を覚えました。

息子が空に旅立った後、ほとんど食事をとらずひたすらネットの中をさまよいました。同じように子どもを亡くした方がどのように生きているのか、乗り越えられる日は来るのだろうか、なぜ息子は死ななければならなかったのか、必死で答えを探そうとしていました。そしてこの苦しみの中にいるのは私だけではないのだと知ると同時に、乗り越えることはできないのだとわかりました。「死を受け入れる」という言葉がありますが、私はそんな気持ちにはなれません。息子は生きたかったのです。だから私は、「受け入れる」のではなく、息子の死を静かに受け止めて、悲しみとともに生きていくしかないのだと考えるようになりました。

時間は容赦なく過ぎていきます。深い喪失で私たちの心はめちゃくちゃなのに、世の中の時間は変わりなく流れていくことが何カ月も不思議でたまりませんでした。優しさから発せられるものと分かっていても、何気ない言葉や態度に傷つくこともありました。同時に、かける言葉が見つからないと言いながら寄り添おうとしてくれる人の気持ちや、息子を思い涙してくれる人たちに心救われることもありました。

今でも気を緩めると涙があふれてきます。なぜこの世に息子がいないのか？

なぜ私は生きているのか?と自分に問うてしまうのです。ふと、「どうしてあなたがいないのか、お母さんには意味が分からん」と声に出してしまうのです。息子の名前を呼んで涙があふれ、息ができなくなるのです。だから、いつも意識して顔を上げて歩くようになりました。

息子を亡くしてから私は中指に息子の名前と誕生日を刻んだ指輪をはめました。息子の命は息子だけのもの、だから息子の分まで私は生きようという気持ちにはなれません。でも、指輪を見るたび、私の心の真ん中にいつも息子がいる、そう自分に言い聞かせるようになりました。時々どうしようもなく涙を流しながら、この世で会えない苦しみに耐えながら、それでも天国で息子が幸せであるように、寂しくないようにと祈りながら今日も私は生きています。

この世の中には私と同じ痛みを抱えている人たちが、どこにも逃げ場のない苦しみと悲しみを抱えている人たちがいます。口には出さないけれど、それぞれの方に悲しみへの向き合い方、思いや捉え方があるでしょう。けれど、皆さん深い痛みとともに、子どもさんと過ごしてきた温かく幸せな思い出もいつも胸にあるのではないでしょうか。私がそうであるように。

子どもさんを亡くした方の心がすべてわかるとは私にも言えません。でも、その悲しみの深さは痛いほどに理解できます。どうか、そんな方々の心が温かくなる時間が少しでもありますように。そして何気ない日々を大切に思ってくれる方が増えますように。

私の拙い詩を本にすることに協力してくださったリーブル出版の坂本さん、皆さん、素敵な絵を描いてくださった小笠原さんに深く感謝いたします。

装画・挿絵　小笠原まき

ひとつひとつの詩に対して、聖麗のエッセンシャルオイルを選び、たくさんの癒しが届くよう祈りを込めて、オイルを混ぜながら絵をかきました。

花《はな》を買《か》う

発行日　2020年8月13日　初版第1刷発行
著者　畠山理夏
発行人　坂本圭一朗
発行所　リーブル出版
〒780-8040
高知市神田2126-1
TEL 088-837-1250
装画・挿絵　小笠原まき
印刷所　株式会社リーブル

ISBN 978-4-86338-279-4